O Legítimo LIVRO PIRATA de casseta e planeta

**Beto Silva ❧ Claudio Manoel
Helio De La Peña ❧ Hubert
Marcelo Madureira ❧ Reinaldo**

O Legítimo Livro Pirata de casseta e planeta

OBJETIVA

A pirataria tomou conta do mundo. Foi-se o tempo em que só o uísque era falsificado. Hoje em dia tudo é pirata. Pirata não tem medo nem da tropa de elite. Falsifica cd, dvd, programa de computador, joguinhos de videogame...tem até jogador do seu time que é pirata. Basta reparar na perna de pau.

Para que perder tempo lançando livro original se sabemos que o que vai vender mesmo é a sua versão pirata? Por isso, nos antecipamos e publicamos logo este legítimo piratão antes que os chineses o façam.

Mas atenção! Ao comprar o Legítimo Livro Pirata de Casseta & Planeta, não utilize dinheiro falso. Ou vai levar uma autêntica porrada no meio dos cornos!

Caceta e Praneta

O brasileiro só pensa em sexo. O brasileiro vê sexo em tudo. O brasileiro tem uma verdadeira obsessão sexual. É por isso que o Brasil não vai pra frente. Prefere ir pra frente e pra trás, pra frente e pra trás, em movimentos ritmados até atingir o orgasmo.

A senhora já atingiu o orgasmo? Ouviu os sinos tocarem? Ouviu fogos estourando? Viu luzes coloridas piscando? Cuidado, às vezes a senhora só foi a um show dos Rolling Stones!

∽

Uma mulher sem bunda pode ser considerada uma despopôssuída?

É um absurdo! Até com as bundas o Brasil é um país desigual! Enquanto algumas poucas têm um popozão enorme, a grande maioria não tem nádegas na vida!

Tem mulher que não adianta mais fazer lipo, só resolve se fizer uma Hipo!

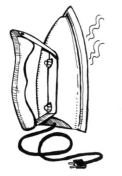

É um absurdo, uns com tanto, outros com tão pouco. Uma mulher rica pode botar 900 mililitros de silicone no seu peitão, mas a sua empregada, coitada, não tem nada, é uma tábua! É muita injustiça! É, mas tem gente que consegue ver o lado bom disso. A empregada pode ganhar um adicional trabalhando como tábua de passar roupa e assim ajudar a diminuir a concentração de renda, ganhando mais uns trocadinhos... se cada um fizer a sua parte, a gente melhora esse país.

OLHA O CARNAVAL AÍ, GENTE!

BABO TODAS

blogdoscassetas.com.br

Sexo não é um bicho-de-sete-cabeças. É uma só, minha gente!

Boquete não precisa de propaganda. Para isso, já tem o boca a boca.

∽

Se o pênis do broxa for considerado imóvel, ele é obrigado a pagar IPTU?

∽

O governo deveria dar mais incentivo ao filme pornô nacional. É incrível! Nesse país, o governo nunca entra com nada!

Muita gente na pindaíba acaba gastando o décimo terceiro inteirinho acertando as contas atrasadas. Paga luz, telefone, cartão... não sobra nada! E aí, a única coisa que sobra para ele dar de presente para a patroa é sexo! O problema é que às vezes a patroa acaba tendo que trocar o presente porque não é do seu tamanho!

∞

É de extrema importância promover uma reforma da paumolecência nesse país. Com essa reforma, nós vamos poder, finalmente, enfrentar o problema da broxitude crônica e retomar o crescimento, construindo um gigantesco catuaboduto para distribuir catuaba pra todos os homens importantes, quer dizer... impotentes do Brasil. E não esqueçamos a criação da Viagrabrás! Com essas medidas, em pouco tempo, não haveria mais nenhum broxa nesse país.

É fundamental promover uma reforma desmocreária ambiciosa nesse país... Nessa reforma, todas as mocréias do Brasil seriam atendidas pelo SUS – Sistema Único de Silicone. A lipoaspiração, que sempre foi a maior aspiração de todos os jaburus, finalmente, seria uma realidade. Diga sim à reforma desmocreária! Vamos erradicar a celulite de todo o território nacional!

O mundo está muito perigoso. Terrorismo, homens-bombas, guerra biológica! Mas nada é pior que a guerra boiológica. Guerra boiológica é quando o cidadão é atacado por antraz.

VÊM AÍ OS MAIS NOVOS REALITY SHOWS!

DOZE IMPOTENTES, COMPLETAMENTE MOLENGAS, VIGIADOS POR CÂMERAS OCULTAS 24 HORAS POR DIA, TRANCADOS NUMA CASA CHEIA DE MULHERES GOSTOSAS, GULOSAS, INSACIÁVEIS E PIDONAS!

DOIS OVOS CONFINADOS NUMA CUECA DURANTE TRÊS MESES, SENDO VIGIADOS 24 HORAS POR DIA POR UMA CÂMERA ESCONDIDA NÃO ME PERGUNTEM ONDE...

DUAS NÁDEGAS CONFINADAS NUM BIQUÍNI EXÍGUO, DURANTE TRÊS MESES, SENDO VIGIADAS 24 HORAS POR DIA POR 12 MARMANJOS TOTALMENTE TARADOS... O PROGRAMA QUE VAI ENTRAR PARA OS ANAIS DA TELEVISÃO BRASILEIRA!

O G-8 é um grupo que reúne os líderes mundiais que usam modernos aparelhos de barbear. O Lula e o Fidel nunca são convidados, porque não fazem a barba...

Localizada na Miserávia Central, entre a Penúria do Sul e a Durôncia, o Pobrequistão é o país mais ferrado do mundo. A principal atividade econômica do Pobrequistão é passar necessidade. A moeda local é o drukba, que não se sabe quanto vale, porque a moeda local caiu num bueiro e ninguém conseguiu pegá-la. O Pobrequistão é tão pobre, mas tão pobre, que sua população só come uma vez por ano, no dia 27 de março, feriado nacional, quando os pobrequisteses comemoram o Dia do Almoço.

Os americanos tão pensando que o problema deles são os xiitas? Eles não viram nada! Eles vão ver o que é bom pra tosse quando encararem um pessoal ali que é muito mais radical que os xiitas, os xaatos!

Para os fanáticos religiosos fundamentalistas muçulmanos, as mulheres são seres insignificantes. Elas não podem se pintar, não podem ir ao cabeleireiro, não podem ir ao shopping, nem usar cartão de crédito...essa idéia do cartão de crédito até que não é tão ruim assim... Mas o maior drama dessas mulheres é que elas são proibidas de estudar. Por causa dessa ridícula decisão dos fundamentalistas todas as mulheres do Afeganistão estão ficando louras!

O homem contemporâneo precisa de um hobby para aliviar as tensões e o estresse de um dia-a-dia estafante. Um dos hobbies mais atraentes e instrutivos é a degustação de vinhos. O primeiro passo na degustação de vinhos é experimentar a bebida e interpretar o seu gosto através de um vocabulário próprio e sofisticado:

– Você cospe, é? Eu engulo!
– Nossa! Como é encorpado!
– E como é forte e potente! Ideal para acompanhar uma rabada!
– Melhor com um lombo assado!
– Me parece um pouco frutado...
– Não, frutado é você!

Mas cuidado, não se exceda na degustação de vinhos, senão você não vai conseguir sentar no dia seguinte...

Quando você for comer uma mulher é importante saber escolher o vinho mais adequado. Se ela for uma vaca, que é carne, é melhor um vinho tinto, mas se for piranha, que é peixe, é melhor um vinho branco.

Quem entende de vinho é um vinhólogo. Enólogo é quem entende de sal de frutas!

Se você quiser conhecer um lugar tranqüilo para curtir umas férias mais saudáveis, você pode ir para o circuito das cidades cachaço-minerais: Lambarril, São Porrenço e Cachaçambu! Nestas pacatas cidadezinhas você poderá experimentar na fonte a água magnesiana que passarinho não bebe, a água sulfurosa que passarinho não bebe, a água ferruginosa que passarinho não bebe e outras águas radioativas! Tudo bem, radioativa não, que isso faz um mal desgraçado!

O homem descende do homo erectus. Mas tem muito homem que descende mesmo do homo broxus ou do homo meia-bombus!

As mulheres das cavernas reclamavam muito e com razão. Era só homo sapiens, homo habilis, homo isso, homo aquilo! Será que não tinha um hétero na idade das cavernas?

Dúvida de português: Se você está numa festinha que um amigo seu te convidou, você participa "**da** bacanal" ou "**do** bacanal"?
Se você está na dúvida e não sabe se participa "**da**" bacanal ou "**do**" bacanal, por que você não participa da suruba mesmo? E me convida!

Ser metrossexual não tem nada de mais. Trata-se apenas de um cara muito viadoso, quer dizer, vaidoso. É um tipo de homem moderno, um homem que faz sobrancelha, limpeza de pele, plástica, se depila todinho, inclusive virilha e sem perder a virilidade. Mas se perder não tem problema: ele pega a de um amigo.

Nenhuma mulher quer casar com um metrossexual. Qual é a mulher que está à procura de um companheiro para dividir a penteadeira?

Você sabe quando o sujeito fica raboplégico? É quando fica paraplégico da cintura pra dentro...

A nossa língua pegou emprestadas várias palavras do grego, como, por exemplo, drama, hipótese e psicologia. E sabe como é que é brasileiro, né? Pegou emprestado e não devolveu até hoje.

Os cinco legumes mais SEXY da natureza

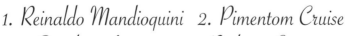

1. Reinaldo Mandioquini 2. Pimentom Cruise
3. Quiábio Assunção 4. Rodrigo Cenouro
5. Leonabo di Caprio

Caminhando por nossas calçadas a gente depara-se, ou se depara, se você preferir usar a próclise... com os mais diversos atentados ao nosso vernáculo. Por exemplo, na placa:

Qual é o erro aqui?
Ora, é muito fácil... evidentemente, o erro está no preço. Qualquer criança do pré-escolar sabe que com 1.000 reais não se compra nenhum deputado. No máximo dá pra comprar um juiz de futebol, um PM, ou um lobista em início de carreira...

RECALL

A **Tabajara Sex Shop** solicita a todos os clientes que compraram as nossas bonecas infláveis modelo *Kelly Cristine 1.0* e *Shirleyslane 1.6* que compareçam a uma das nossas oficinas autorizadas para fazer a troca de uma peça, mas eu não posso falar aqui o nome da peça... Estes modelos estão apresentando **defeito e provocaram vários acidentes**, mas que tipo de acidente eu também não posso dizer... A **Tabajara Sex Shop** garante aos clientes que não ficarem satisfeitos que daremos alguma coisa como consolo... *mas não podemos dizer o que é na frente das crianças.*

No núcleo aborrecente das novelas, os jovens descobrem que tudo tem um lado positivo, principalmente o exame de gravidez!

∽

O Leblon é um bairro inventado pelo Manoel Carlos.

∽

A primeira coisa que uma mulher deve fazer pra virar uma celebridade é dar pra uma pessoa mais famosa que ela.

No inverno, as modelos e atrizes costumam fazer um longo vôo migratório em direção ao hemisfério norte, em busca de acasalamento e moedas fortes.

As supercelebridades famosas e glamorosas nunca têm um único momento de sossego e privacidade. Não podem usar um simples vestido curtinho sem calcinha, que sempre aparece uma verdadeira multidão de pererecarazzi, os paparazzi de perereca.

Casamento de artista é que nem iogurte. O prazo de validade é muito curto.

Tem muita atriz por aí cheia de projetos e que não consegue incentivo. A atriz tem um projeto maravilhoso de, por exemplo, arrumar um marido rico, um bofe cheio da grana que pague as contas e dê um sobrenome pro menino... mas não consegue porque o governo não dá apoio à cultura! E não é só a cultura, não... o esporte também! Sabe quanto é que tá custando meter um DNA num jogador de futebol? Um absurdo!

Michael Jackson, o superpopstar mais esquisitão do mundo, quase se ferrou. Depois de um longo julgamento, o júri decidiu que tem culpa ele, que chegou a ser condenado a pegar de 10 a 12 anos. Que sorte! Justamente a sua faixa etária favorita.

O problema do gordo obeso e rolha de poço é a compulsão. Ele come uma pulsão de coisas e depois vai encher o saco do médico.

Você gostaria que sua barriga fosse definida? Definida como caidaça, indecente ou obscena?

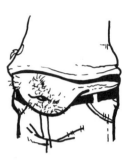

Para o gordo balofo e obeso é importante aprender como funciona a química da obesidade, principalmente, o papel das enzimas. Porque o gordo só come bife com dois ovos enzima, sorvete com muita calda de chocolate enzima e torta cheia de creme enzima!

Todos os anos milhares de motoristas incautos e descuidados se arrebentam nos postes das vias públicas porque não tomam a devida precaução. Neste verão, tome cuidado! Se for dirigir, não olhe para a bunda. Se for olhar para a bunda, não dirija.

Na chegada do verão, todo mundo gosta de beber umas cervejinhas, não é verdade? Mas, cuidado, o excesso de bebidas pode causar terríveis acidentes. Por isso, não se esqueça: Se for dirigir, não beba! Mas se for comer mocréia, encha a caveira!

O Código Nacional de Trânsito às vezes é muito confuso e deixa as pessoas em dúvida. Por exemplo: O motorista vinha dirigindo, voltando do festival de chope de Ituverava com o seu troféu de campeão. Ele estava andando ali a uma velocidade de passeio, uns 120, 130 por hora. Aí atravessou na sua frente uma turma de escola. O sinal estava vermelho e eles atravessaram na faixa. O motorista atropelou-los-os ou atropelou-lhes-vos?

Esse negócio de não poder dirigir bêbado é a maior besteira. O importante é saber a hora de parar. A hora de parar é quando chega no poste. E quase sempre a culpa é do poste. Poste tá sempre errado, o poste tá sempre sem cinto!

ADESIVOS PRA SUA KOMBI VELHA

A inveja e o meu carro são uma merda

Eu amo a sua esposa

NÃO ME INVEJE. ASSALTE UM BANCO.

SE BEBÊ, NÃO DIRIJA: SENTE NO BANCO DE TRÁS

Foi Deus quem me deu. (Ele tava de sacanagem)

DEUS É FIDEL

Sogra, tô fora!

BOV·171

RECALL

A **TABAJARA VEÍCULOS E MOTORES** vem informar aos proprietários dos carros modelo **Tabatendo zero ponto zero** e **Tabatido zero ponto um** que, por um pequeno problema na linha de montagem, todos os veículos produzidos até o dia de ontem foram vendidos sem o sistema de freios. Devido a essa pequena falha, estes modelos podem apresentar uma certa dificuldade na hora de parar. Convocamos todos os clientes que tenham sido vítimas de acidentes fatais a procurar as concessionárias Tabajara, para que seja instalado o freio no que sobrou de seus veículos.

Atenção: a indenização só será concedida para aqueles clientes mortos que comparecerem, pessoalmente, às nossas concessionárias

No Brasil as empresas não conseguem otimizar sua administração. Esse negócio de otimização no Brasil não dá certo. O que dá certo aqui é a maisoumenização! Tudo tem que ser mais ou menos malfeito!

∽

O estagiário é o funcionário de menor nível em qualquer empresa e o que mais sofre. Mas o estagiário não rala a vida toda. Se o estagiário for bom, depois de dois anos ele é promovido a cachorro. E depois de três anos, se ele se mostrar competente, ele é vacinado e passa a ter as regalias de cachorro **sênior**.

Vocês sabem o que quer dizer Microsoft? **Micro** é pequeno, **Soft** quer dizer mole. E mesmo assim todo mundo compra o produto de uma empresa que na caixa está dizendo **Pequeno e Mole**!

∽

Como se diz nas agências de publicidade da Bahia, a propaganda é a calma do negócio.

∽

A classe dos anões sempre foi muito perseguida! E o que é pior: as pessoas perseguem, perseguem e sempre acabam pegando, porque os anões têm a perna curtinha!

Os jornalistas são os olhos, os ouvidos, a boca e outros orifícios da Sociedade.

Todo mundo conhece o drama dos Ex-Big Brothers de rua, que estão aí aos milhares, sem ter sequer uma revista pra posar pelado. Por isso foi criada uma ONG: a **Fundação Viva Ex-BBB**. Os voluntários dessa ONG cercam os ex-BBB de câmeras, pra eles se sentirem em casa, trazem uns edredons, os reconhecem e até pedem um autógrafo. É um trabalho lindo!

E o próximo passo é lutar pela regulamentação da atividade de Ex-Big Brother e exigir subsídios do governo para que todos possam realizar o sonho do reality show próprio! Ex-Big Brother! Fique aí parado! Para ser fotografado!

VÊM AÍ OS MAIS NOVOS

Trabalho Escraver Brasil

DOZE CONCORRENTES, ESCRAVIZADOS NUMA FAZENDA, ENFRENTANDO AS MAIS DURAS E DESUMANAS CONDIÇÕES, SUBMETIDOS A UMA ROTINA EXTENUANTE DE TRABALHOS FORÇADOS, 24 HORAS POR DIA. E VOCÊ VAI PODER ACOMPANHAR TUDINHO, SEM PERDER NENHUMA CHIBATADA. TODA SEMANA, UM ESCRAVO, ESCOLHIDO PELO PÚBLICO, SERÁ ELIMINADO DO PROGRAMA. VOCÊ VAI SE EMOCIONAR COM AS FRUSTRADAS TENTATIVAS DE FUGA DOS PARTICIPANTES. SERÁ QUE ALGUM DELES VAI CONSEGUIR ESCAPAR DA NOSSA EQUIPE DE CÃES RAIVOSOS E DENUNCIAR O PROGRAMA ÀS AUTORIDADES?

REALITY SHOWS!

DOZE DEPUTADOS, PRESOS NUMA CASA, DURANTE TRÊS MESES. MAS COMO NO BRASIL DEPUTADO NÃO FICA PRESO, A MAIOR PARTE SAIU LOGO PORQUE TÊM ÓTIMOS ADVOGADOS. OUTROS SE PIRULITARAM APÓS SEREM ABSOLVIDOS EM PLENÁRIO, ALGUNS RENUNCIARAM PARA EVITAR QUE FOSSEM ELIMINADOS NO PAREDÃO... SOBRANDO APENAS UM DEPUTADO! PERAÍ, ESSE NÃO É DEPUTADO. É SÓ O CASEIRO!

O problema da periferia é que lá é muito pobre, não tem nada! Por isso é que todo pobre periferia morar em Paris, periferia ter muita grana e periferia ser lindo que nem o Rodrigo Santoro que pega aquela mulherada toda!

Um dos efeitos mais terríveis da maconha é que quando o adolescente fuma ele fica com a voz de pato e a cara cheia de quadradinhos. E aí fica difícil de arrumar uma namorada.

As autoridades aeroviárias resolveram tomar alguma providência para adequar os aeroportos brasileiros à nova realidade. A partir de agora os aeroportos de Congonhas e Cumbica passarão a se chamar Vergonhas e Se Estrumbica! O aeroporto de Belo Horizonte passa a se chamar Confins de te Sacanear! Já no Rio de Janeiro, os aeroportos passam a se chamar... **Atrasandos Dumont** e **Antônio Caos no Check In!**

A crise dos controladores de vôo deixou pairando no ar diversos problemas, o principal deles seria com o tal de SIVAM, um sistema de radares que avisa os aviões SIVAM bater, avisa pros passageiros SIVAM se ferrar e SIVAM ter que dormir no aeroporto.

A **ANARC**, Agência Nacional da Aviação Ruim e Caótica, e o **INFRAERRO**, órgãos "responsáveis" pelo "controle" do espaço aéreo brasileiro, comunicam que a culpa dessa zona toda nos aeroportos brasileiros é do **SINDACTA**. Por isso os passageiros vão continuar SIN-DACTA pra embarcar, os aviões SIN-DACTA pra decolar e esse perrengue vai ficar SIN-DACTA pra terminar.

O aquecimento global afeta toda a humanidade mas, principalmente, aqueles que não têm grana para comprar um ar-refrigerado.

O buraco na camada de ozônio voltou a ser notícia. Cientistas de todo o mundo estão preocupados com o aumento do famoso orifício. E isso é muito perigoso, perigosíssimo! Principalmente aqui no Brasil, onde neguinho não pode ver um buraco que joga lixo dentro...

Assim como milhares de árvores, mais um recorde acaba de ser derrubado. O Brasil bateu o recorde mundial de desmatamento! Mas ao contrário do que dizem os ecologistas, o desmatamento da Amazônia é muito importante para o turismo. Antigamente ninguém visitava a Amazônia e por quê? Porque não tinha vaga pra estacionar. Agora, o que não falta é estacionamento. Vaga na Amazônia é mato! Quer dizer, era!

A principal conseqüência do aquecimento global é que a temperatura atmosférica fica estratosférica. O calor nas grandes cidades fica insuportável, incrementando de forma exagerada o consumo de cerveja. O cidadão, com sede, enche a cara de cerveja o dia inteiro, depois nem lembra o que aconteceu. Aí no dia seguinte, descobre que não é só o buraco do ozônio que aumentou... sacanagem!

Tomar uma inocente cervejinha na beira da praia pode ser muito agradável. O problema é que milhões de cervejeiros acabam despejando uma enorme quantidade de xixi na água do mar. E como o xixi é quente, a temperatura dos oceanos aumenta cada vez mais. Por isso, se você quer lutar contra o aquecimento global, não faça xixi dentro da água! Jogue a sua cerveja geladinha direto no mar, sem intermediário. Assim, o oceano, em vez de ficar estupidamente mijado, vai ficar estupidamente gelado.

O problema do cocô nas praias do Rio de Janeiro continua causando muita polêmica. Ninguém sabe se o cocô é municipal ou se o cocô é estadual. O que ninguém tem dúvida é que a cagada é federal!

Na casa do futuro, até mesmo o esgoto estará conectado digitalmente a uma rede mundial. Você vai poder fazer cocô pela internet e enviá-lo on-line direto para o seu médico, acabando assim com o constrangedor potinho de exame de fezes... E o mais importante: ao acionar a descarga hidrodigital, você vai poder escolher qual a praia que o seu cocô vai poluir.

Como você imagina que vai ser o corno do futuro? Ora, vai ser assim como você, só que mais velho.

Um dos traços mais marcantes não só do povo lusitano, como também dos próprios portugueses, é a preocupação com o meio ambiente. Um projeto ecológico da maior importância é o Projeto Tamar português: **O Projeto Bacalhar**. É lindo ver o exato momento em que os bolinhos de bacalhau, ameaçados de extinção, são devolvidos ao mar, escapando da sanha assassina dos donos de botequim.

Uma doença terrível foi descoberta recentemente. Os sintomas são os seguintes: primeiro, o seu nome vai parar no SPC e os seus credores levam tudo que você tem em casa. O seu filho assume a sua condição de gay confesso. Em seguida, você descobre que a sua mulher está te traindo com o seu melhor amigo. Esses são apenas alguns dos sintomas da terrível febre sifóide. Depois que você pega essa doença, só sifóide.

Uma epidemia que vem conseguindo muitos adeptos em todo o Brasil é a dengue hemorrágica. Mas uma versão ainda mais perigosa dessa doença está fazendo muitas vítimas apenas na Bahia: é a dengue verborrágica!

É importante acabar com as doenças antes que elas se tornem epidemias. O jazz, por exemplo. O jazz é uma moléstia que costuma proliferar em lugares escuros, enfumaçados, e ataca, principalmente, pessoas de meia-idade. O pior é que as autoridades não fazem nada para combater os focos de jazz! Muita gente reclama, pede o fumacê pra dedetizar essa praga, mas não adianta, as autoridades só combatem o jazz em época da eleição! Por isso, se você encontrar um possível foco de jazz, como um saxofone vazio, faça a sua parte: encha o saxofone imediatamente de areia.

Todos os dias, a cada minuto, milhares de brasileiros padecem de uma terrível moléstia: o comichão. Por medo e preconceito, muitas pessoas não procuram orientação médica para acabar com o sofrimento do comichão. O comichão tem cura e pode ser controlado, é só você se tratar. Se você sofre de comichão, procure hoje mesmo um médico ou uma quina de parede. O que estiver mais perto de você...

∽

Todos os dias, a cada minuto, milhares de brasileiros são vítimas de um mal fulminante: **O TROÇO!** Apesar de todos os avanços da medicina, é cada vez maior o número de brasileiros que, de uma hora pra outra, têm um **TROÇO!** O **TROÇO** pode atacar qualquer um, em qualquer momento. Ninguém está livre do **TROÇO**. Mas você pode se prevenir. Vá hoje mesmo a um posto de saúde para tomar a vacina contra o **TROÇO**. Mas cuidado: você pode achar que está tendo um **TROÇO**, mas na verdade está tendo um piripaque ou uma ziquizira!

RECALL

As Organizações Tabajara, produtoras do famoso supositório *Torpedão Extra-Large*, gostariam de comunicar aos milhares de consumidores de seu produto que, apesar das mudanças no tamanho do supositório, o princípio ativo continua o mesmo. Já o princípio passivo é um problema do consumidor, é uma coisa dele, ninguém tem nada a ver com isso.

A dengue é que nem a sua mulher: quem não pegou ainda vai pegar.

Prevenir a dengue é uma tarefa de todos nós, todos os dias do ano. Evitar que a água parada se acumule em plantas, vasilhames e pneus é fundamental, mas não é o suficiente. Você tem que prestar muita atenção nos cofrinhos! Os cofrinhos também acumulam água parada, podendo se tornar focos do mosquito da dengue.

A melhor maneira de se combater o processo de envelhecimento é tentar retomar os hábitos da juventude. E isso é superfácil! É só submeter o idoso a uma rotina de atividades pré-adolescentes: botar ele 24 horas seguidas ouvindo música techno no volume máximo sem parar de jogar videogame um segundo. Essa é a melhor metodologia para tentar retardar o envelhecimento. Pelo menos retardado ele fica.

Foi descoberto mais um problema causado pelo cigarro. Segundo os cientistas da Universidade de Columbia, Massachusetts, Ohio, o cigarro deixa o pênis todo encolhido. Principalmente quando você bate a cinza em cima dele.

Se você estiver muito tenso, muito estressado, é só fazer essa simpatia: enrole uma nota de 1 dólar no bilau. Ah, sim, essa simpatia não é pra fazer o bilau subir, é pra fazer o dólar baixar!

O Ministério da Saúde acaba de lançar as novas mensagens educativas que virão estampadas nos maços de cigarro:

"O hálito do cigarro faz você só comer mocréia!", "Abaixar para pegar o maço de cigarro faz você pagar cofrinho" e "Comer cocô de fumante provoca câncer nas mosquinhas".

Os aumentos abusivos e abusados dos planos de saúde vêm fazendo muito mal aos brasileiros. A conta vem tão cara que, na hora que ela chega, o sujeito quase tem um enfarte. Mas enfarte o plano não cobre. Ele fica com falta de ar, mas falta de ar seu plano também não cobre! Ele chama um médico, mas o seu plano não dá direito a médico. Então, sem assistência, o cara morre. Morrer pode! Isso o seu plano cobre. Cobre com um jornal. Se quiser cobrir com lençol, tem que ter o

Plano Top Premium Gold Plus

Gripe das aves: combata sem pena! Ao afogar o ganso, cuidado. Use água morna para ele não ficar gripado.

O Dr. Dráuzio Careca sacaneia muito os pobres. Antigamente, os pobres fumavam pra se distrair. Aí o doutor fez aquele programa na televisão mostrando que o fumo faz mal e eles pararam de fumar. Aí os pobres começaram a comer, comer, comer... Aí o Dr. Dráuzio disse que comer demais provoca obesidade, e os pobres pararam de comer. Então o Dr. Dráuzio inventou um quadro novo só pra fazer pobre parar de ter filho. Aí é sacanagem, Dr. Dráuzio Careca, o sexo é o único lugar onde o pobre ainda pode entrar de graça.

∾

As novas maravilhas tecnológicas da medicina moderna são fantásticas. Graças aos novos equipamentos, os médicos podem escanear totalmente o paciente, obtendo imagens multipolidimensionais de alta resolução, o que permite diagnósticos muito mais precisos. Hoje os médicos conseguem verificar o funcionamento do órgão que, para eles, é o mais vital: a carteira. Eles são capazes de detectar não só a localização exata no bolso do paciente, como podem ver também todo o conteúdo da carteira em espécie, o limite do cartão de crédito e até o saldo bancário!

Apesar de existir ainda muito preconceito, é cada vez maior o número de homens que se conscientizaram da importância do exame de próstata a partir dos 40 anos. O exame de toque é uma coisa que deve ser encarada com naturalidade. É uma bobagem colocar a saúde em risco por causa de um preconceito ridículo. Eu, por exemplo, não deixei de ser macho por causa disso. Na verdade, foi por causa do papo do médico. Ele é muito cabeça, é uma pessoa incrível, maravilhosa. Um cara, sabe, que me completa!

O MINISTÉRIO DA SAÚDE ADVERTE:
FAZER EXAME DE PRÓSTATA NA FRENTE DOS AMIGOS É O MAIOR MICO

Os diversos remédios antibroxantes lançados no mercado, se por um lado aumentaram o nível de paudurecenciabilidade do brasileiro, por outro estão causando vários problemas, influindo até nos índices de violência urbana. Tem muita esposa que, desacostumada, ao ver o maridão com uma pistola enorme, confunde ele com um ladrão e passa fogo!

Toda eleição é a mesma coisa. Os políticos prometem que vão resolver o problema de saúde trazendo de volta o médico de família. Mas será que é isso mesmo que o povo quer? Claro que não! A solução para a saúde do brasileiro não é o médico de família, é o projeto Enfermeira Boazuda de Família! O projeto Enfermeira Boazuda de Família vai cuidar da saúde e ainda vai dar de comer ao povão.

O cérebro do homem é dividido em quatro partes: o cerebelo, o lobo frontal e os dois hemisférios: o esquerdo e o direito. O lobo frontal só pensa em futebol! O cerebelo só pensa em cachaça. E a parte maior do cérebro, formada pelos hemisférios esquerdo e direito, é a responsável por manter as funções mais vitais, ou seja, só pensa em mulher.

Pesquisas recentes comprovam que o cérebro da mulher funciona de forma totalmente diferente do cérebro masculino. O cérebro da mulher é subdividido em várias regiões, cada uma responsável por uma função distinta, todas com o mesmo objetivo: achar defeitos nas outras mulheres.

Depois de longas pesquisas, cientistas ingleses declararam que os chimpanzés são geneticamente tão próximos do homem que podem ser considerados humanos. Um dos chimpanzés pesquisados, por exemplo, superfaturou a com-pra de bananas do zoológico e depositou tudo na Suíça. Outro se elegeu macaco federal e empregou toda a família num circo do estado. E um terceiro virou dirigente da CBF. Mas esse ainda não dá pra saber se é humano, não...

Graças aos avanços da biotecnologia, a clonagem de seres humanos hoje em dia já é um feto consumado. O último produto da reengenharia genética é um juiz de futebol totalmente clonado em laboratório. Por ser inteiramente produzido em laboratório, o juiz não tem mãe, o que resolve um grave problema moral.

Depois de terem sido muito maltratadas pela população, as operadoras de telemarketing se revoltaram. Elas deixaram os seus clientes ouvindo uma musiquinha e foram às ruas reivindicar. O discurso da líder das operadoras foi radical: "Companheiras, quem vai estar lutando por aumento de salário disque **um**. Quem vai estar reivindicando melhores condições de trabalho disque **dois**. Nós vamos estar ficando paradas em todo o Brasil enquanto nossas reivindicações não estiverem sendo atendidas. Operadoras unidas, jamais vão estar sendo vencidas! Um, dois, três, quatro, cinco, mil, digite estes números ou vamos estar parando o Brasil!"

A ÚLTIMA DO SERVIÇO DE
TELEPAPAGAIOMARKETING

O MINISTÉRIO DA SAÚDE VAI ESTAR ADVERTINDO: O USO DO FUTURO DO GERÚNDIO NA FRENTE DAS CRIANÇAS VAI PODER ESTAR SENDO PREJUDICIAL À SAÚDE.

As três profissões mais perigosas do mundo são: cobrador de academia de artes marciais, acendedor de foguetes da Nasa e a mais perigosa de todas: mestre consoleiro de uma grande fábrica de acessórios sexuais! Esse infeliz é o sujeito responsável pelo setor de controle de qualidade e tem que experimentar todos os vibradores e consolos produzidos. Mas qual é o perigo dessa profissão? O perigo é gostar!

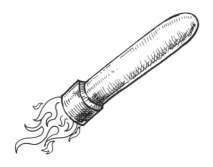

Os livros de Cabul mais vendidos da semana

OS LIVROS DE PERSONAL AUTO-AJUDA MAIS VENDIDOS DA SEMANA

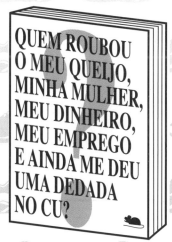

A nova onda musical do Brasil é **MSPB**, *Música Sem Preconceito Brasileira*. Os grandes clássicos da MPB, em novas versões que não ofendem raça, sexo, religião, ou o tamanho do bilau... quer dizer, do minúsculo órgão reprodutor masculino.

Veja como ficou a nova versão da inesquecível Nêga do Cabelo Duro, gravada pelo grande Neguinho da... quer dizer Afro-Brasileirinho da Beija-Flor.

Afro-descendente do cabelo duro
qual é o pente que te penteia?
Qual é o pente que te penteia?

Casseta & Planeta **69**

Sucesso faz também a versão politicamente correta do antigo sucesso carnavalesco Olha a Cabeleira do Zezé, interpretada pelo menestrel Oswaldo Monte-Afrodescendente:

Olha a cabeleira do Zezé!
Qual será a sua orientação sexual?
Qual será a sua orientação sexual?

Olha a cabeleira do Zezé!
Se ele assumir sua homossexualidade
Ninguém tem nada a ver com isso

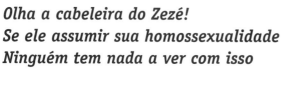

OS NOVOS SUCESSOS DO MAIOR CENSOR ROMÂNTICO DO BRASIL

Jesus Cristo

Ta-va escri-to • Ta-va escri-to • Ta-va escri-to
Mas eu proi-bi!

Detalhes

Não adianta nem tentar me des-cre-ver
eu entro na justiça e mando a-pre-en-der

Emoções

O que tava es-cri-to - eu nun-ca li
o impor-tan-te é que eu proi-bi

Pobre no Brasil só vai ao cinema quando ele é vendido e vira Igreja Evangélica.

Nessa questão de cor, muitas dúvidas andam pintando. Se o sujeito é mestiço, filho de pai negro e mãe branca, qual é a melhor opção? Se for pra descolar uma vaga na universidade é melhor dizer que é preto. Mas se for pra ir em cana e apanhar da polícia, aí é preferível estar na cota dos brancos!

Na questão das cotas para a universidade, quem está tendo problemas são os pardos. Eles estão tendo que disputar as cotas pra pardo com um monte de envelopes por aí.

Pergunta para o próximo censo brasileiro: O senhor é negro por parte de pau ou de mãe?

A coisa está cada vez mais preta! Mas isso vai mudar. Como todo mundo sabe, já existe o sistema de cotas, e as outras cores também estão reivindicando uma participação maior na realidade nacional.

ᘐ

Os esportes radicais se dividem em duas categorias:

os es-portes em que a platéia grita: **¡ISSA!**

e os que a platéia grita: **¡URRÚ!**

ᘐ

Parapente-subaquático, rapel, acrobacia em asa-delta em queda livre com uma pedra amarrada no pé? Isso não dá mais onda! Esporte radical, mas radical mesmo, é comer mulher do patrão. Isso é que é adrenalina! **¡ISSA!**

OS CINCO PRÓXIMOS LIVROS INFANTIS DA MADONNA

A Tartaruguinha Lésbica

A Bela Bunda Adormecida

O Anão que era Anão, mas Tinha um Bilau Grandão

Peter Pau e o Capitão Fancho

Gepeito e Piróquio, o Boneco de Pau

Muita emoção e muita adrenalina! Os esportes radicais são aquelas modalidades em que os praticantes desafiam todos os limites e aqueles em que as reportagens sempre começam falando:

"MUITA EMOÇÃO E MUITA ADRENALINA!"

∞

Não é qualquer pessoa que é capaz de superar esse desafio. A jornada é longa e qualquer descuido pode ser fatal. São muitos detalhes que precisam ser checados, cada etapa precisa ser meticulosamente planejada. Nada pode ser esquecido. É preciso calcular bem a quantidade de mantimentos, preparar bem todo o equipamento, pois não se sabe quanto tempo é preciso para realizar uma das façanhas mais difíceis a que o ser humano já se propôs até hoje: tentar cancelar a linha de um telefone celular.

Na época da Copa do Mundo você torce mesmo pro Brasil? Você pinta alguma parte do seu corpo de verde e amarelo? Então, se você é mesmo patriota, por que você não pinta a bunda de verde e amarelo e sai gritando: papa essa, Brasil!

No boxe, o lutador para chegar a ser peso-galo, antes tem que ter sido peso-pinto?

O problema das provas de barras assimétricas para homens é que depois da competição nenhum atleta tem saco de subir ao pódio para receber a medalha.

Um dos momentos mais marcantes das olimpíadas é sempre a Maradona Olímpica. Centenas de Maradonas de todos os países competem numa disputa acirrada, mas, infelizmente, ninguém consegue saber quem é o vencedor. Assim que alcançam a linha de chegada os atletas caem de nariz e cheiram a linha toda.

∽

A cerimônia da tocha olímpica que é conduzida até a pira olímpica é muito bonita. Existe uma relação simbólica entre a tocha e a pira. É que, quando atocha, tem gente que pira!

∽

A maratona é uma das provas mais longas e cansativas das olimpíadas. Nesta prova o atleta percorre 42 quilômetros em busca de um copinho d'água que ele consiga abrir.

OLHA O CARNAVAL AÍ, GENTE!

COME-SE MOCRÉIAS

blogdoscassetas.com.br

As olimpíadas são um momento em que os repórteres ficam à vontade para falar do torso apolíneo e reluzente dos atletas, dessas belas máquinas musculosas e bem torneadas, dessas coxas roliças e definidas brilhando ao sol... sem que o telespectador desconfie que eles são todos boiolas.

Tem uma coisa que não dá pra entender na seleção masculina de vôlei do Brasil. O Bernardinho fica o tempo todo gritando, dando esporro nos jogadores. Por que os caras que são grandes, maiores do que ele, não se juntam e enchem ele de porrada?

A corrupção, que está comendo solta no país, chegou ao futebol. Mas não adiantou nada porque os cartolas já tinham chegado antes e levaram a grana toda.

Um dos lances mais polêmicos do futebol é o carrinho. Para uns é um recurso legítimo, para outros é uma jogada desleal. Mas craque que é craque não sabe o que é carrinho. Vai para a Europa e só quer saber de carrão! E carrão conversível, cheio de loura popozuda dentro!

O córner acontece quando o jogador recebe uma bola limpinha, totalmente livre, mete no ângulo e o fiodaputa do juiz anula! Aí, o jogador enche os córner do juiz de porrada!

Um dos dribles mais driblados dos últimos tempos é a pedalada, consagrada por Robinho. Mas jogadores menos habilidosos podem praticar uma jogada parecida e também muito mortífera para o adversário... a temível peidalada! O lance é de facílima execução... primeiro o jogador encara um prato fundo de repolho com ovo. Depois ele se sacode todo até conseguir dar a peidalada, deixando o adversário no chão!

Jogador de futebol tá sempre sentindo a virilha. O problema maior é quando no vestiário um colega de time pede pra sentir a virilha do companheiro.

∽

Ronaldinho Dentucho recebeu uma proposta milionária de um parque aquático de Miami que sonha ver o atacante amestrado como sua grande atração. Na transação, o craque deverá abocanhar 50 milhões de dólares e um punhado de sardinhas frescas.

∽

Romário custou para fazer o seu milésimo gol, mas todo mundo sabe que pro Rei Pelé foi mais fácil marcar o gol 1.000. Afinal, o adversário era o Vasco...

OS 7 PECADOS CAPITAIS

Gula • Inveja • Luxúria • Preguiça • Vaidade...

Porra! Eu sempre esqueço os últimos! Ah, sim!

Soneca e Dunga

Aderindo aos tempos modernos, o Exército montou um novo pelotão: a Unidade Camuflada de Pelotas, que fica acampada na fronteira. Na fronteira do homossexualismo com a Argentina. Os soldados dessa unidade camuflam, é verdade, mas só porque a sociedade careta e conservadora não aceita a sua condição de soldados assumidos. A Unidade Camuflada de Pelotas não é da artilharia, nem da cavalaria, nem da infantaria, a arma desses soldados é a sedução e o seu olhar penetrante.

JOVEM, se você já completou 18 centímetros, procure hoje mesmo uma junta de alistamento, e se junte a seus novos colegas: todos rapazes fortes, musculosos, roliços, com tórax bem definido, uhh, que loucura!

JOVEM, você que completou 18 anos, não quer nada com estudo nem quer saber de trabalhar! Procure a junta teatral mais próxima e aliste-se no teatro! Jovem! Eu tô falando com você, jovem! Acorda, vagabundo!

MAJOR! COMENDO O BRIGADEIRO!
BANHEIRO
É QUE O CAJUZINHO ACABOU...
hubert.

O esporte nacional de Cuba é o beisebol. Um dos objetivos do beisebol é rebater a bola o mais longe possível. O problema é que, às vezes, os jogadores cubanos batem com tanta força que a bola vai parar lá em Miami. E aí, ninguém segura, sai a maior briga porque todo mundo quer buscar a bola.

∾

Cuba é um país que vive da cana. Ou você está plantando cana, ou está bebendo cana, ou entrando em cana.

∾

Cuba é hoje um santuário ecológico, já que os comunistas são uma espécie em extinção.

∾

A Suprema Corte dos Estados Unidos condenou o poderoso Bill Gates por tentar manter o monopólio da cara de babaca no mundo da informática.

Está provado que a Holanda é o país mais avançado e liberal do mundo. Na Holanda o aborto e a maconha são legalizados, o casamento de gays é permitido e a eutanásia liberada. E o turista pode fazer tudo isso! Ele chega de manhãzinha, casa com um boiola, faz três abortos, fuma cinco quilos de maconha e, no final da tarde, morto de cansaço, faz a sua eutanásia!

Na Holanda o uso da maconha para fins medicinais é liberado. A popular marofa é distribuída, oficialmente, pela rede hospitalar holandesa para pacientes que estiverem sofrendo de doenças graves como falta de maconha e vontade de fumar unzinho.

A Coréia é um dos países mais asiáticos do Oriente. Em Seul, comer cachorro nas refeições é um hábito muito comum, mas não tão comum quanto o hábito de fazer reportagens sobre coreano comendo cachorro nas refeições.

O Haiti é um país tão pobre que as principais atividades econômicas são: vender almoço pra comprar a janta e latir pra economizar cachorro.

Na Argentina, pra não fazer Menem, é só botar camisinha no Perón que Evita.

Engenheiros italianos aplicaram uma injeção de catuaba, viagra e ovo de codorna na base da Torre de Pisa. Mesmo com a aplicação deste poderoso afrodisíaco, o famoso monumento não alcançou uma ereção completa, mas, pelo menos, conseguiu uma digna meia-bomba.

A Grécia Antiga é tão antiga que não paga mais passagem de ônibus e entra de graça nos museus. E uma das obras mais apreciadas é a Vênus de Milo. Uma estátua de uma mulher seminuazona, que não tem braços pra não pegar no seu pé e, principalmente... não fala! Ou seja, é a representação grega da mulher ideal.

A História do Brasil não seria a mesma sem a fibra e a bravura do gaúcho porque, como todo mundo sabe, o gaúcho é muito apegado à tradição. O Rio Grande sempre foi palco de sangrentas batalhas que aconteceram na sua região mais inflamada, lá onde o sol não bate, perto do arroio do Chuí, onde havia muitos maragatos. Aliás, não eram só maragatos. Eram maragatíssimos! Maragatérrimos!

Os gaúchos, cavaleiros corajosos e viris, participaram ativamente e passivamente de momentos cruciais da história da pátria brasileira, como a Retirada da Laguna. E depois da Retirada da Laguna? Ora, tchê! Depois da Retirada da Laguna é a vez da Colocada da Laguna!

∽

Na cidade de Paradindins, na Amazônia, é realizada anualmente e todo ano a tradicional festa do Bumba Meu Boi na Sombra. Em vez do boi-bumbá, tem dois bois-jabá: O Lucrativo, de azul, e o Generoso, de vermelho, que disputam para ver qual desvia mais verba da Sudam.

∽

No Planalto Central os políticos são muito ligados à tradição. Um dos folguedos folclóricos mais animados é a festa que comemora a chegada das verbas que foram desviadas de todos os recantos do país: é a famosa Folia de Reais!

No rico interior de São Paulo é realizada, todo ano, a Festa do Pidão Boiadeiro. Nesta festa impopular, os latifundiários arrancam o couro de todo mundo e nunca caem do cavalo. Esta festa também é conhecida como a Farra do Subsídio.

O Salão do Automóvel é uma espécie de praia dos paulistanos.

O paulista é uma espécie de baiano estressado que fala italiano e pensa que mora em Nova York.

Quando o paulista é de família tradicional, ele é conhecido como paulista quatrocentão. Ou ele fica de quatro ou ele é sentão.

∞

São Paulo é capaz de produzir engarrafamentos de primeiro mundo, que não fazem vergonha a ninguém. Pra lidar com os mais majestosos engarrafamentos da América Latina, os paulistanos introduziram, além de coisas diversas em locais muito íntimos, um método revolucionário de engenharia de trânsito: o rodízio. A preferência atual no rodízio de carros paulista é a costela... dessas que ficam em fogo lento, na brasa, umas 12 horas... É mais ou menos o tempo que o paulista fica parado no trânsito.

O Maranhão é um estado muito pobre, tão pobre que lá até as desculpas para a pobreza são esfarrapadas! Mas não há de ser nada, o governador já entrou com um projeto na Sudam para construir uma fábrica de desculpas que vai ser capaz de produzir dez mil desculpas por dia!

Uma das festas mais tradicionais da Bahia é a Lavagem de Dinheiro nas Escadarias do Senhor do Bonfim. Diversas entidades afro-baianas de primeiro escalão lavam, a céu aberto, milhões e milhões de dólares. Nesta festa todos cantam, mas ninguém dança, porque todo mundo tem ótimos advogados!

A Ponte da Amizade é aquela que liga o Brasil ao Paraguai, à China e à Coréia.

O problema do brasileiro é a falta de memória. Daqui a algum tempo o que neguinho vai lembrar, no máximo, é que teve uma cueca, um careca e um tal de Dilúvio, Decúbito, um troço assim. E será que alguém ainda vai lembrar os problemas do caixa... caixa... qual o número do caixa? Caixa dois... três! Sei lá, a cabeça do brasileiro é péssima pra guardar número. Sem falar nessa mania de dizer que tudo vai acabar em... em quê mesmo? Aquele negócio que tem um queijo derretido em cima... Ah, já sei, que tudo ia acabar em lasanha!

Depois de várias investigações ficou comprovado que era mentirosa a acusação de que os deputados do mensalão tinham ganhos irregulares. Os ganhos eram regulares. Todo mês, religiosamente, o dinheiro tava lá na conta dos deputados.

Com o sucesso do passatempo japonês SUDOKU

várias cópias piratas coreanas foram lançadas no mercado:

SÓDOXOTA

KOMOKU

SÓGOZÔ

SÓXUPÔ

SÓPIRU

SÓBOTÔ

SÓDOKU

XUPOKU

Os escândalos são tantos em Brasília que o pessoal não está nem conseguindo acompanhar mais. A coisa está ficando tão séria que os próprios parlamentares se tocaram e finalmente resolveram tomar uma providência. Agora a coisa está organizada assim: segundas, quartas e sextas são dedicadas aos escândalos de caixa dois e corrupção generalizada. Às terças, quintas e sábados são para desvios de verbas e licitações fraudulentas. E como ninguém é de ferro, domingo é dia livre para compras. Compra de juízes, deputados e demais autoridades corruptas.

Será que os 30 mil reais de mensalão pra um deputado é muito? Tem um amigo meu que foi pra Brasília, pegou uma moça no hotel e, por 100 reais, ela fez de tudo! Ele mudou de posição várias vezes, votou o quis, aí ela mudou de posição... Sai muito mais em conta pro contribuinte.

Esse negócio de compra e venda de deputados é coisa do passado. Economistas propuseram um outro sistema: o leasing de deputados. Esse esquema é muito mais vantajoso. O governo não precisa mais comprar o deputado, ele vai usando, vai usando, e no final do mandato, ou ele fica com o deputado ou troca por um novo.

Não é verdade que muitos deputados não têm nenhum projeto. Eles têm projeto sim! Seu projeto é muito simples: pegar o dinheiro do contribuinte e ficar milionário rapidamente, sem ter que trabalhar nunca mais...

Esse negócio de Comissão de Ética do Senado não tem nada a ver! Quer dizer, se a comissão for de 20 ou 30%, aí tudo bem!

A punição que os deputados mais temem é quando o governo toma uma atitude e deixa eles de castigo, sem sobremesa depois da pizza.

Na hora de votar, é preciso muito cuidado. É muito comum aquele tipo de candidato que só aparece em época de eleição, tentando baratear seu voto, querendo comprá-lo por qualquer mariola. Não venda sua cidadania por tão pouco, exija, pelo menos, uma mariola e uma paçoquinha.

A vida de corrupto no Brasil é dura: você tem que fraudar um Leão por dia!

CENAS DE BRASÍLIA

passeadores de ministro

Se o desemprego de quem você não conhece já é triste, imagina o drama de ver um ente querido desempregado. Por isso, o governo está lançando o programa "Meu primeiro parente", que visa arranjar um bico federal, estadual ou municipal... pra todo companheiro que for da família!

∾

Muitos projetos sociais do governo, em vez de beneficiar os mais carentes, acabam beneficiando só os mais *parentes...*

∾

São poucos os candidatos a deputados que são transparentes. A maioria é candidato traz-parente. Se eleito, ele traz tudo que é parente pra trabalhar com ele.

BIBLIOTECA OFICIAL DO PRESIDENTE DA REPÚBLICA

Tem muito deputado que acha que esse negócio de que levar um por fora é falta de ética é boato da internet! Para eles, falta de ética é levar um por dentro! Porque se você levar um por dentro você fica currompido! E uma vez currompido todo mundo sai difundindo por aí que você foi difundido por aí!

༄

Em muitas cidades do Brasil o projeto Bolsa Escola foi adaptado à realidade local. E o nome do projeto mudou. Em vez de Bolsa Escola, ele se chama Bolsa Descola e é um projeto muito simples: Se tu for conhecido do prefeito, tu descola a bolsa. Se não for, não descola.

༄

O Bolsa Família também mudou em várias cidadezinhas do país. Agora ele se chama Embolsa Família. Se tu for da família do prefeito, tu embolsa!

O povo brasileiro está cansado de sofrer com o desemprego, sofrer para encontrar um remédio genérico, sofrer na fila para tacar ovo em ministro. Para resolver todos esses problemas de uma hora para outra, só tem um jeito: o Projeto Cachaça-Bairro! Esse revolucionário projeto vai distribuir um carro-pipa de cachaça para cada comunidade carente de goró desse nosso Brasil. Depois do Projeto Cachaça-Bairro, a vida dos pobres vai melhorar muito. Eles vão ter duas casas, duas mulheres... até o salário vai dobrar!

É muito escândalo! Não dá nem tempo de acompanhar. Em todo canto tem denúncia. Até no Ministério da Pesca dizem que tem truta! Parece que lá só sai verba pra peixe de mar: pra tainha, badejo, atum, linguado... agora pacu tem verba? Pacu não tem nada. Será que é só porque é peixe de rio? Pacu tem que ter mais apoio! Pacu tem que ter mais investimento!

Governar é que nem fazer cocô! Às vezes é mole, às vezes é duro e tem sempre alguém achando que alguma coisa tá cheirando mal...

Todo presidente tem que aprender que negociar com o Congresso é que nem sabonete de vestiário... tem sempre uns pentelhos pra atrapalhar!

O Brasil não é a minha mulher, mas vive dando escândalo.

O Lula nasceu em Garanhuns, mas saiu de lá ainda muito pequeno. Muitos dizem que ele só foi bebê em Garanhuns, mas não é verdade. Ele só foi bebê lá em São Bernardo do Campo. Quando morava em Garanhuns ele ainda era de menor e o pessoal dos botequins não podia servir aperitivos para ele.

O legado de Getúlio é inestimável. Se ele não tivesse existido, metade das avenidas do Brasil não teria nome.

Todo brasileiro tem rabo preso, mas quem tem grana pode contratar um advogado e conseguir um rabeas-corpus.

O brasileiro precisa ser mais patriota. Para a galera que acha a letra do nosso hino muito complicada, foi lançada uma versão simplificada. Finalmente, muita gente vai poder entender o que está cantando:

Num riacho poluído de São Paulo
D. Pedro proclamou a Independência,
Mas vamos mudar logo de assunto
Que pra essa história ninguém tem
    mais paciência.

O Brasi-il é maneiro
Tem cachaça, feijoada e pagodeiro
Tem lourinha oxigenada,
    tem mulata rebolando o pandeiro...

O mal desse país é essa sujeirada. Queremos o direito de ir ao cinema e poder passar a mão embaixo da poltrona sem encontrar uma meleca imunda. Chega de impunidade! Contra o processo de melequização nacional! Se todos os brasileiros se derem as mãos, ninguém mais vai tirar meleca!

Alguns estados do Brasil voltaram a sofrer o problema da febre aftosa. Já em Brasília o proble-ma é outro, é a terrível febre <u>afurtosa</u>. Furtar ali virou uma febre!

A economia do país deveria se comportar como um casal da terceira idade. O dólar como um bilau de velho, sem subir nunca, e os juros que nem peito de velha: caindo direto!

AS MAIS NOVAS DUPLAS SERTANEJAS DO MERCADO

IMPOTENTE E AVANTAJADO

ATIVO E PASSIVO

FUNCIONÁRIO E ENCOSTADO

TRINCADO E CHAPADÃO

HONESTO E DEPUTADO

BORRACHUDO E PRÉ-DATADO

E A MAIOR DUPLA SERTANEJA DO BRASIL:

LEANDRO, LEONARDO, LEOVEGILDO, LEOPOLDO E LEOCÁDIO!

O setor da economia que mais gera empregos, atualmente, no Brasil, é o trabalho voluntário. Mesmo porque o voluntário não ganha nada e, de grátis, qualquer um dá emprego!

Devido a uma liminar do Juizado de Menores, não é mais permitido mostrar o salário mínimo antes das 22 horas. Além do salário ser de menor, a exibição do salário mínimo pode causar sérios traumas às crianças e destruir os valores da família e da civilização ocidental.

Salário é que nem bilau: todo mundo queria um maior, mas tem que se contentar com o que tem.

RECALL

Comunicado aos possuidores de salário mínimo modelo 2007. Esse tipo de salário apresenta vários defeitos que comprometem seu desempenho. O salário modelo 2007 morre logo na partida e nunca consegue chegar ao final do mês. Infelizmente, esses problemas só podem ser resolvidos com a substituição do seu salário por um modelo *Superluxo Turbinado*, mas isso não é para o teu bico.

Alguns dos maiores bancos americanos estão assustando o mercado financeiro com suas previsões pessimistas sobre o Brasil. Segundo o presidente do Banco Morgan Freeman David Linch o problema do Brasil são os riscos. É que os riscos estão cada vez mais riscos e os "posbres" cada vez mais "posbres".

∽

Mesmo com toda crise, pelo menos um setor da economia vem crescendo cada vez mais: o setor do desemprego. As exportações de desempregados estão batendo recordes, trazendo muitas divisas para o Brasil e aumentando o saldo de nossa balança comercial.

∽

Salve a Peidobrás! A Bolívia nacionalizou todos os seus recursos flatulentos, deixando nosso país sem gás... Ajude o Brasil a enfrentar essa crise energética! Envie seu traque para a sede da Peidobrás. Cada um deve fazer a sua parte. Vamos dar as mãos amarelas e combater o efeito bufa.

Segundo o IBGE, Instituto Brasileiro de Guloseimas e Estatísticas, é muito difícil saber ao certo quantas pessoas passam fome no Brasil. Se a estatística for feita na hora do almoço, o número de brasileiros com fome aumenta muito... Mas se a estatística for feita de noite, perto da hora de dormir, tem menos gente querendo comer, porque dormir de barriga cheia dá pesadelo.

Contra a fome, já existem diversas campanhas, mas e a vontade de comer, como é que fica?

Porque todo brasileiro tem o direito de comer alguém!

Ao contrário do seu bilau, a violência no Brasil está cada vez maior.

Ao contrário do meu cheque especial, a violência no Brasil não conhece limites.

As autoridades estão alertando a população para tomar algumas precauções em relação à violência. Por exemplo: as pessoas não devem sair de casa à noite, é muito arriscado. Sair de manhã também não é uma boa idéia... de tarde também não é bom. E de madrugada, então, nem pensar, porque quem sai de madrugada quer mais é ser assaltado! Mas o importante é que a situação está sob controle. Sob controle dos traficantes!

Bangu I é um presídio de segurança máxima onde estão trancados os marginais mais perigosos do país que, de lá de dentro, controlam o tráfico no Brasil pelo telefone. Mas nem todo mundo que está lá dentro é condenado. Tem gente que só está em Bangu I porque lá é o único lugar no Rio onde o celular funciona!

∽

Para aumentar a segurança da população carioca, é preciso mudar o regime de encarceramento. O cidadão carioca só poderia sair de casa pra tomar uma hora de banho de sol uma vez por semana. E também teria direito à visita íntima, mas só se a visita íntima não fosse baleada no meio do caminho. Agora, não é pra abusar não, hein! Todo mundo tem que estar na caminha antes do tiroteio das dez!

É claro que existe saída para o problema da violência! A saída é o aeroporto Antonio Carlos Jobim. Mas não passa pela Linha Vermelha não, hein?! Lá tem tiroteio toda hora. Dá muito medo.

O Rio de Janeiro continua com aquela rotina de sempre, um arrastão aqui, uma chacina acolá, deixando a população com saudades dos velhos tempos onde só havia matanças de fundo de quintal, a violência de várzea, aquela criminalidade moleque...

No Rio de Janeiro, a cidade calamitosa, os tiroteios na hora do rush vêm causando algumas retenções no tráfego, o que leva alguns motoristas baleados a chegarem atrasados ao próprio funeral.

RECALL

Os **Estaleiros Náuticos e Marítimos Tabajara** convocam os proprietários do transatlântico modelo **Queen Leopoldina** da série 5348 a 6987. Devido a problemas de fabricação, o casco inferior do navio apresenta um pequeno problema técnico que pode levar o produto ao naufrágio em poucos minutos. Para evitar esse inconveniente, solicitamos que nossos consumidores tragam seus transatlânticos até uma das nossas oficinas, a fim de sanar o referido problema com a adaptação de uma rolha para tapar o buraco.

O bicheiro Capitão Guimarães, presidente da Liga das Escolas de Samba, a Lesa, se acha um injustiçado! Está na contravenção há mais de trinta anos e ainda não foi promovido a coronel.

∽

Já foi o tempo em que o ladrão assustava a população com suas roupas mal-acabadas. O ladrão moderno tem que se preocupar com o seu visual, afinal de contas a qualquer momento ele pode estar num pôster de procura-se ou na primeira página de um jornal ou mesmo no Jornal Nacional e não pode ficar mal na foto.

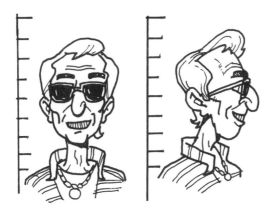

COMUNICADO DO SINDICATO DOS BANDIDOS, MELIANTES, CRIMINOSOS E CONGÊNERES DO RIO DE JANEIRO:

MEUS AMIGO CIDADÃO! NÓS BANDIDO SINDICALIZADO VIEMO AQUI A PÚBRICO FALAR DE UMA SITUAÇÃO QUE ESTÁ SE TORNANDO-SE INSUPORTÁVEL PRA NOSSA CATIGORIA. POLICIAIS FARDADO TÃO PRATICANDO ROUBOS E ASSALTOS DE FORMA TOTALMENTE IRREGULAR! ELES NÃO SÃO AUTORIZADO. NÃO TEM REZISTRO PROFISSIONAL E POR ISSO NÃO PODE EZERCER A PROFISSÃO. NÃO ENTREGUE SUA CARTEIRA, NÃO ENTREGUE SEU RELÓGIO! NÃO SEJA ASSASSINADO POR ESSES FALSO BANDIDO QUE ESTÃO OCUPANDO AS VAGAS DOS VERDADEIRO MARGINAL NO MERCADO DE TRABALHO. NÃO SE DEIXE ENGANAR! ASSALTO É COM ASSALTANTE!!

A rota do trocadilho já foi rastreada pela polícia federal. Os trocadilhos partem de Pau Grande seguindo para Ponta Grossa, de onde avançam para Curralinho. A partir daí, a conexão se estende para a América Latrina, quer dizer, Latina, através do Peru. Com o poder de penetração do Peru, o trocadilho ganha o mundo, a rota passa por Cuba. Cuba lançar não é novidade, porque Cuba lança há muito tempo, no mar, trocadilhos que vão dar em Boston. Onde param no banheiro para ver Chicago. Finalmente entram na Xexênia, onde são controlados pela máfia Xeca.

Bagdá vive uma rotina de bombardeios constantes, tiroteios diários e violência sem limites. Para a população do Rio de Janeiro, uma vida assim tranqüila é quase uma utopia.

AVISOS AOS LEITORES

ATENÇÃO

proprietário da Brasília UD 4052 ano 73, totalmente enferrujada e caindo aos pedaços! Infelizmente seu carro continua no mesmo lugar, ninguém roubou ele, você vai ter que continuar andando com essa merda mesmo!

ATENÇÃO

proprietário da mulher loura, olhos azuis, gostosa pra caramba, placa WR meia mole, meia dura! Sua mulher foi roubada! Um ladrão chegou ali, arrombou e levou embora! Isso que dá não botar tranca na mulher!

ATENÇÃO

A Gislane da Moóca pede para avisar ao Edevanildo do Tatuapé que a menstruação dela veio, não precisa mais ficar preocupado!

ATENÇÃO

Janete de Osasco perdeu a virgindade! Se alguém achar, favor enviar para a Editora Objetiva.

Nota de Esclarecimento

Quase toda semana algum blog ou site publica essa história envolvendo o grupo Casseta & Planeta:

Pressionada por deputados, a Procuradoria da Câmara vai reclamar junto à Rede Globo pelas alusões feitas no programa 'Casseta & Planeta' exibido terça-feira passada.

Os parlamentares reclamaram especialmente do quadro em que foram chamados de 'deputados de programa'. Nele, uma prostituta fica indignada quando lhe perguntam se é deputada.

O quadro em que são vacinados contra a '*febre afurtosa*' também provocou constrangimento.

Na noite de quarta-feira, um grupo de deputados esteve na Procuradoria da Câmara para assistir à fita do programa. Segundo o procurador Ricardo Izar (PMDB-SP), duas parlamentares choraram. Izar se encontrará segunda-feira com representantes da emissora, para tentar um acordo, antes de recorrer à Justiça.

NOTA DE ESCLARECIMENTO

Em resposta, o grupo Casseta & Planeta publicou essa NOTA DE ESCLARECIMENTO:

Foi com surpresa que nós, integrantes do Grupo CASSETA & PLANETA, tomamos conhecimento, através da imprensa, da intenção do presidente da Câmara dos Deputados de nos processar por causa de uma piada veiculada em nosso programa de televisão. Em vista disso, gostaríamos de esclarecer alguns pontos:

1. Em nenhum momento tivemos a intenção de ofender deputados ou prostitutas. O objetivo da piada era somente de comparar duas categorias profissionais que aceitam dinheiro para mudar de posição.

2. Não vemos nenhum problema em ceder um espaço para o direito de resposta dos deputados. Pelo contrário, consideramos o quadro muito adequado e condizente com a linha do programa.

3. Caso se decidam pelo direito de resposta, informamos que nossas gravações ocorrem às segundas-feiras, o que obrigará os deputados a 'interromper seu descanso'.

A história é absolutamente verdadeira, tanto as reclamações dos deputados quanto a nossa Nota de Esclarecimento. A única ressalva é que isso aconteceu em 2001. Mas os internautas não estão totalmente enganados, isso poderia perfeitamente ter acontecido na semana passada.

As fotos dos personagens do programa Casseta & Planeta Urgente foram gentilmente cedidas pela TV Globo.

OUTROS LIVROS DO CASSETA & PLANETA:

As Melhores Piadas do Planeta... e da Casseta Também!
O grupo mais irreverente do país apresenta uma antologia de suas melhores piadas, acumuladas ao longo de vinte anos de humor.

As Melhores Piadas do Planeta... e da Casseta Também! 2
Eles voltam a atacar e não livram a cara de ninguém. Leia e não ria... se for capaz.

As Melhores Piadas do Planeta... e da Casseta Também! 3
Uma nova série de piadas infames com diversão garantida.

As Melhores Piadas do Planeta... e da Casseta Também! 4
Uma antologia fundamental para quem quer conhecer todos os tipos de piada, das gracinhas para irritar feministas às piadas de corno.

As Melhores Piadas do Planeta... e da Casseta Também! 5
Um livro que reúne piadas hilárias para todos os gostos, sobre tipos inesquecíveis: argentinos, portugueses, caipiras, japo-neses...

Manual do Sexo Manual
Um livro de cabeceira para quem gosta de saber tudo sobre sexo, conquista e autocontrole e a louvável arte do sexo manual. Edição revista e ampliada.

A Taça do Mundo é Nossa
Uma obra completa com roteiro, fotos dos melhores momentos e making of, comentários de bastidores e fofocas sobre o primeiro filme do grupo.

O Avantajado Livro de Pensamentos do Casseta & Planeta
Uma seleção criteriosa de frases e ditados edificantes que marcaram a história da civilização ocidental.

A Volta ao Mundo com Casseta & Planeta
As aventuras do Casseta & Planeta pelo mundo contadas num texto irreverente e divertido.

As Piadinhas do Cassetinha
Um livro de humor para crianças, recheado de piadas politicamente incorretas.

Seu Creysson, Vídia e Óbria
Garoto-propaganda do audacioso Grupo Capivara, nada escapa ao talento empreendedor de Seu Creysson, um homem simples do povo mas com tutano de gente rica, é claro.

Seus Problemas Acabaram!
Um livro imperdível que reúne as mais engraçadas e eficientes criações das Organizações Tabajara.

Como Se Dar Bem Na Vida Mesmo Sendo Um Bosta
Dicas sensacionais para se dar bem na vida, mesmo para um bosta como você!

CASSETA & PLANETA APRESENTA TAMBÉM:

Agamenon – O Homem e o Minto, de Hubert e Marcelo Madureira
As memórias deste picareta ético que tem uma coluna todo domingo no jornal O Globo.

O Livro do Papai, de Helio de La Peña
No momento da chegada de um filho, em que todos só têm olhos para o bebê e a mãe, Helio de La Peña parte de sua própria experiência para falar desse mundo de fraldas, mamadeiras e chupetas.

Vai na Bola, Glanderson, de Helio de La Peña
O craque do humor Helio de La Peña estréia no campo do romance, esbanjando graça e imaginação. Ele narra a epopéia de Ventania, agente improvisado que acredita ter descoberto no subúrbio carioca uma possível estrela para a Copa de 2014, o jovem Glanderson.

Júlio Sumiu, de Beto Silva
A estréia de Beto Silva na ficção traz um livro de suspense com muito humor e narrativa ágil.

© 2007 Toviassú Produções Artísticas Ltda.

Todos os direitos desta edição reservados à
EDITORA OBJETIVA LTDA. Rua Cosme Velho, 103
Rio de Janeiro – RJ – CEP 22241-090
Tel.: (21) 2199-7824 – Fax (21) 2199-7825
www.objetiva.com.br

Redação Final: Beto Silva

Manuscrito e concepção de capa: Casseta e Planeta

Design de capa, miolo e páginas gráficas: Tita Nigrí

Ilustrações principais: Reinaldo e Hubert

Ilustrações das vinhetas: André Amaral

Produção gráfica: Marcelo Xavier

Revisão: Fátima Fadel, Damião Nascimento e Lilia Zanetti

Créditos das fotos:
Reuters/Stringer India – p. 29
Reuters/Kevin Lamarque – p. 77
José Paulo Lacerda/AG. PIXEL/AJB – p. 101
Helio de La Peña – p. 107
João Miguel Junior – Tv Globo – p. 13
Gianne Carvalho – Tv Globo – p. 38
Márcio de Souza – Tv Globo – p. 69
Sérgio Zalis – Tv Globo – p. 70

CIP-BRASIL. CATALOGAÇÃO-NA-FONTE
SINDICATO NACIONAL DOS EDITORES DE LIVROS, RJ

L526

O legítimo livro pirata de Casseta e Planeta / [ilustrações principais Reinaldo, Hubert; ilustrações das vinhetas André Amaral]. - Rio de Janeiro : Objetiva, 2007.

    135p. : il. ;   ISBN 978-85-7302-875-1

    1. Humorismo brasileiro. I. Casseta & Planeta (Grupo humorístico). II. Título.

07-3693.   CDD: 869.97
                                        CDU: 821.134.3(81)-7

Conheça mais sobre nossos livros e autores no site
www.objetiva.com.br
Disque-Objetiva: (21) 2233-1388

markgraph

Rua Aguiar Moreira, 386 - Bonsucesso
Tel.: (21) 3868-5802   Fax: (21) 2270-9656
e-mail: markgraph@domain.com.br
Rio de Janeiro - RJ